石の花　大木潤子

石はそこで、紡いでいた。
旧い記憶の上に、新しい記憶の糸が重ねて織られ、
どちらも、隠されることがなかった。

糸は、物質ではなかったから、
蝕まれない。
布は幾重にも、小さく畳まれてゆき、
質量だけを、重心に、集めるのである。

蒼い光と、碧の蔭とが時に、
交互に行き交い、縞目を描き、
自分が居るのは水底だと、
錯覚したかもしれない。

そよぐものがあった。

水が耳を、そばだてていた。
光の歌が、聞こえるような気がした。
それはもういない光の、残像であろうか。
聞こえた、と思うその時には歌ももう、
いないのであった。
新しい光が来て、また
去っていった。

闇が瞬いている。
闇の中で光が、ではない、
闇の目が瞬いて、見ている、
その視線の中を、
進む。

闇が退き、
あけ渡された場所がまた、
闇である。
波のように、
次から次へと、
暗さが寄せる、
複数の闇。

足をとられて、
歩く。

闇が、
寄せたり引いたりする、
思いがけない方角から、
別の闇も寄せて、
複数の闇が、
網目の模様を描く向こう側から、
音楽が、

音に形を与える／
可視化された音／
温度が、ない。

光が零れる、
見えない、透明な空間の中に
細い音が響いて伝わる、
何もない、
色も、
広がりも、
温度もない、
たぶん、
境界もない。

石を結ぶ

石を結んでゆく
わたしは結ばれた石。

石のなかに
また
石がある。

重さを
増して

複数の闇の
視線が交錯して
描く濃淡の
網の目を
歩く。

声のようなものが、
震えている、
震えに、
震えがぶつかり、
新たな震えが生じ、
元の震えも震動を持続し、
投げた網のように広がる、

耳の奥で眩暈が持続している
海はその谺だ

石の蕾

花開くとき、

石が
浮いて
月の
光を浴びる
表面が
濡れている

石

少しずつ動いている

魂が、戻ってきて見ている、

闇の中にまた闇があって
暗い海があった
水が絶えず
斜めに動いていた

縞のようなものが
斜めに翳りながら
移動していく、

闇の中に河があって
渡ることができない
光るものがない

芒が一面に、
同じ方向に流れている。

光のぶんだけ、
軽くなっている。

粗い粒の
重さ

空洞を
渡っていく

石の思考と内面
石の中で
動く思い

紐に縒り、石の
浮く

放たれて
穴の
向こう

石の思考
の地図を拡げる
静かに降って
沈殿する思いもある

石の筋に
川が流れる
山女の
苦い味がする

石のなか
に凝縮する光
の粒の重さ
から抜ける穴
に糸を通す

石の／
体温、
石の／
息、
石の／
眼差し

石／
が石／
の糸を吐／
いて石／
を紡／
ぐ／

石を読む

石の声

石の中で
巡り続けるもの

石の網の目

石が
瞑る

石の中に
川
轟轟と
紅葉の
青が映える

石の血

石の鳥、
石の羽毛、
石の鼓動
石の
花が開く、

石の
名前

石の谺石の中で返り石が聴いて、
落下する
音

石を呼ぶ

石の名を
石に
尋ねる

石の歌、
石の音楽
眠る石

目覚めても、

石が語る

石の言葉

石の花
笑う、

そよいで

筋

筋

（……）を辿ってゆく

荒涼と

もや
もや

石に
名を与える

呼ぶ

雨、

い、死にな、――

死ぬ石

ほ、とける、

声

石の
中から
ほ、と、か、れ、て、
往く

石の花、
咲いて、

そよぐ

風に
吹かれる
石

銀の波
洗う

風のおと
石の
中から

石の
辿り着きたい
場所

海の
小石のひとつ
ひとつに名
をつけてほう
む
る

音楽の
波が
闇を
渡ってくる

石が
積まれている
そのひとつひとつに
名

菫の灰、——

一段一段、のぼってゆく

何もない場所で

どこにいるのか
わからない

座標が
ない

闇に

石の花

咲く

石《いし》の花《はな》

著者
大木潤子《おおきじゅんこ》
発行者
小田久郎
発行所
株式会社 思潮社
〒一六二―〇八四二 東京都新宿区市谷砂土原町三―十五
電話〇三（三二六七）八一五三（営業）・八一四一（編集）
FAX〇三（三二六七）八一四二
印刷・製本所
有限会社 トレス
発行日
二〇一六年八月五日